Le Livre
des Formules magiques

Des romans à lire à deux,
pour les premiers pas en lecture !

La collection Premières Lectures accompagne les enfants qui apprennent à lire. Chaque roman peut être lu à deux voix : l'enfant lit les bulles et un lecteur confirmé lit le reste de l'histoire.

Cette collection a trois niveaux :

NIVEAU 1 les bulles peuvent être lues par l'enfant qui débute en lecture.

NIVEAU 2 les bulles peuvent être lues par l'enfant qui sait lire les mots simples.

NIVEAU 3 les bulles peuvent être lues par l'enfant qui sait lire tous les mots.

Quand l'enfant sait lire seul, il peut lire les romans en entier, comme un grand !

Un concept original **+** des histoires simples **+** des sujets qui passionnent les enfants **+** des illustrations :
des romans parfaits pour débuter en lecture avec plaisir !

Cette histoire a été testée par Francine Euli, enseignante, et des enfants de CP.

L'orthographe rectifiée est appliquée dans cet ouvrage.

Loi n° 49-956 du 16 juillet 1949 sur les publications destinées à la jeunesse, modifiée par la loi n° 2011-525 du 17 mai 2011.
ISBN : 978-2-09-257713-4

NIVEAU 3

Amélie Maléfice

Le Livre des Formules magiques

Texte d'Arnaud Alméras
Illustré par Gaëlle Duhazé

Nathan

Aujourd'hui, Amélie Maléfice vient jouer chez Siméon Michaudron. Siméon, c'est son ami, et même son meilleur ami. Ils vont ensemble à l'école de Sorcellerie.

Jessica, c'est la grande sœur de Siméon.
Elle l'énerve souvent, car elle veut
toujours commander !

Amélie s'approche de Sésame, le petit chat de Siméon, couché en bas de l'escalier. Le chaton miaule doucement.
– Quand il fait ça, c'est qu'il s'ennuie, soupire Siméon.

Mais Amélie sait comment aider Sésame.

– Trouvons-lui un copain ! propose-t-elle.

– Bonne idée ! répond Siméon.

On pourrait se servir du *Livre des Formules magiques*...

Alors, Amélie et Siméon vont chercher, sur la pointe des pieds, *Le Livre des Formules magiques*.

Et ils emportent le livre très grand,
très lourd et très impressionnant !

Dans la chambre de Siméon, les deux amis feuillètent le livre pour dénicher une formule. Ce n'est pas si facile !

Faire apparaitre un chat! Ah, voilà!

En tendant le bras vers Sésame,
Siméon récite la formule :
– Par les pouvoirs de la diablesse,
qu'un chat noir apparaisse !

Mais au moment où il prononce ces mots, Jessica surgit dans la chambre.

Siméon sursaute et se tourne vers sa grande sœur. L'éclair du sortilège atteint Jessica ! Fizz !

Elle est aussitôt changée en chat noir.

Siméon et Amélie s'affolent un peu
et cherchent une formule pour
transformer le chat en Jessica.

Ça y est, Siméon a trouvé !

Mais Siméon s’est trompé dans la formule.
Cette fois-ci, Jessica se transforme
en souris ! Amélie secoue la tête.

Quand la petite souris aperçoit Sésame,
elle se sauve à toute vitesse.

Les deux amis se lancent alors à la poursuite de Jessica changée en souris.

Heureusement, Amélie réussit
à l'attraper dans le jardin.

Les deux petits sorciers, suivis par Sésame, remontent dans la chambre. Siméon prononce à nouveau la formule magique.

Fizz ! Un nouvel éclair jaillit de ses doigts, et la souris se transforme... presque en Jessica.

– J'ai encore dû me tromper, bredouille Siméon en devenant tout rouge.

Amélie se penche sur la page du grand livre.

Jessica est folle de rage et hurle :

– Qu'est-ce que tu fais avec ces formules ?

Amélie s'agrippe à la queue de Jessica pour l'empêcher de se jeter sur Siméon.

– Par les pouvoirs du crapaud de fer, change-toi en sorcière ! déclare Siméon.

Aussitôt, les oreilles et la queue de souris de Jessica disparaissent.

Jessica quitte alors la pièce en criant :

Au même moment, la grosse voix de monsieur Michaudron résonne en bas de l'escalier :

– Siméon ! Où est passé *Le Livre des Formules magiques* ?

– Oups ! On le rapporte tout de suite ! crie Siméon.

Les deux petits sorciers redescendent le grand livre pour ne pas se faire gronder.

– En tout cas, avec ce qui s'est passé aujourd'hui, Sésame ne s'est pas ennuyé ! souffle Amélie à son ami.

Bravo ! Tu as lu un livre en entier !
Tu as aimé cette histoire ?

Découvre les autres aventures d'Amélie et Siméon !

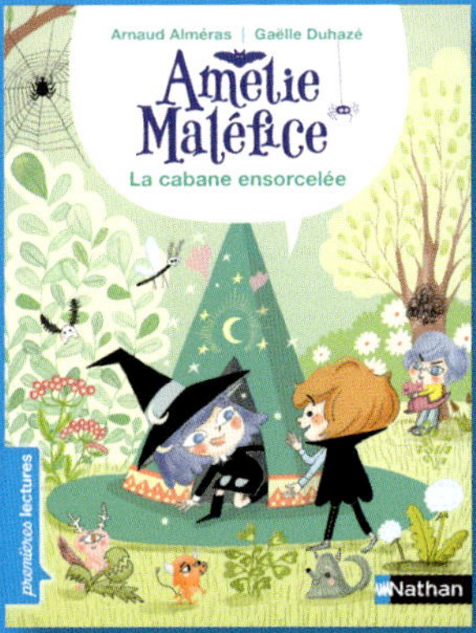

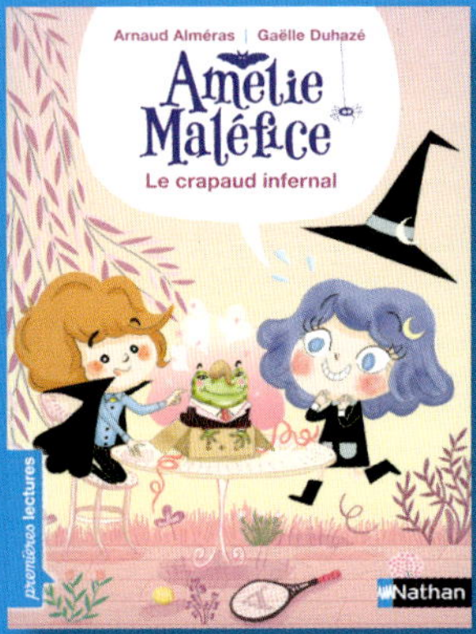

premières lectures

N° éditeur : 10279249 – Dépôt légal : janvier 2018
Achevé d'imprimer par Pollina en février 2022
(85400 Luçon, Vendée, France) - 40877

IMPRIM'VERT

FSC www.fsc.org
MIXTE
Papier issu de sources responsables
FSC® C022030